안담

음란하고 불온한 소녀들에게

2023. 12. 안담

소녀는 따로 자란다

wefic

소녀는 따로 자란다

안담

위즈덤하우스

나를 곁에 두길 즐겼던 여자애들에 대해 생각하고 있다. 머리를 양 갈래로 땋길 좋아하고, 업신여기는 표정이 기본인 애들. 그런 얼굴을 하도 많이 하다가 코도 조금 들창코가 된 것처럼 보이는 애들. 눈치도 안 보고 분홍이거나 주홍인 물건을 고르는 애들. 동시에 똑같은 남자애를 좋아하다가 크게 싸우고는, 나를 찾아와 고민 상담을 해달라던 애들. 나더러 화장실에 같이 가달라거나, 머리를 묶어달라거나, 눈 안에 들어간

속눈썹을 불어달라거나 이런저런 부탁을
하고, 동시에 나하고 딱히 친구는 아니었던
애들.

　새 학기가 시작되는 3월과 9월의
첫 등교일은 초등학생의 일생 중 가장
정치적으로 첨예한 탐색전이 일어나는
날이다. 조례 시간의 운동장, 체스 말처럼
도열한 120명 남짓의 전교생들 사이에서
벌어지는 분주한 시선과 속삭임의 교환. 지난
학기에는 본 적 없는 옷을 입고 나타날 수
있는 애들이 잘 씻긴 닭처럼 가슴을 부풀리는
모습. 그러나 또한 새 옷을 입었다는 이유로
쏟아질 조롱을 미리부터 준비하느라 온몸의
근육이 단단해진 사람도 있다. 그 단단함의
5퍼센트 정도는 계급 상승에 대한 실낱같은
희망으로도 구성되어 있다. 옷이 먼저일까,
자격이 먼저일까? 닭과 달걀의 문제처럼

시선의 연쇄는 끊기지 않는다.

학생들은 서로 양팔 거리의 간격을 두고 서 있어야 했지만, 노련한 여자애들은 어른의 규율을 피해 왼쪽, 오른쪽으로 몸을 살짝씩 기울여서 서로의 손끝을 닿게 하는 방식으로 친근감을 표현할 줄 알았다. 단짝을 만들지 못한 채 초등학교 4학년이 된 나는 방학 동안 일어난 미묘한 우정과 권력의 재배치 결과를 뒤늦게 확인할 수 있었다. 아무도 내 쪽으로 몸을 기울여 손을 내밀지 않는 동안에, 나는 지난겨울에 입었던 것하고 똑같은 녹색 파카를 입고서 그들의 분주한 손가락을 관찰했다. 지난 학기에는 닿지 않았던 손들도 있고, 이번 학기에는 더 이상 닿지 않는 손들도 있다. 여름방학의 어느 날 저들은 모두 한 번씩 혼자서 나를 찾아왔었다. 서로에게는 말할 수 없는 비밀을 말하기 위해서. 나는 뒷문으로만 내어놓는 비밀들이 고여드는 우물이다. 마음속에서 그 비밀들이 서로 닿지 않도록 분류하면서, 나는 누군가에게는 짜릿하고 누군가에게는 잔인할 그 작은 접촉이 내게 간접적으로 미칠 영향을 가늠해본다.

나의 관심사는 이런 것이다.

개학일인 오늘로부터 일주일 후, 내게 자기를 집에 데려다달라고 명령하게 되는 사람은 저들 중 누구일까?

나를 무시하고 내가 몰래 경멸하는 여자애들조차 방과 후에 나를 찾는 날이 있다. 한 명, 많게는 두 명이 다툼 끝에 무리에서 탈락하는 때인 것이다. 그 치욕의 시간은 무리의 구성원 모두에게 한 번씩은 공평하게 돌아가게 되어 있었다. 아무튼, 그네들은 상처 입은 마음을 힘겹게 이끌면서 종례가 끝나고 천천히 책가방을 챙기는 나더러 곧바로 집에 가느냐고 묻는다. 우리 손으로 직접 왁스를 먹인 마룻바닥 위로, 교실 창을 통과한 오후의 햇빛이 깊숙하게도 들어오는 시간. 그 빛이 수색대의 손전등처럼 그들의 얼굴까지 닿으면, 나는 그 눈동자에 그렁그렁 맺힌 자기 연민과 수치심을 낱낱이 볼 수 있다. 별일이 없다면 자기하고 집에 같이 가자고 말할 뿐이면서, 꼭 숨겨진 중립국으로 떠밀려 오고야 만 패잔병 같은 표정을 한다. 내게도 모욕적인 처사지만 나는 그냥 그러자고 대답한다. 분명히 그들에게 더 서러운 날이라는 걸 알 수 있다. 내게는 떨어져 나올 무리가 없으니까. 거절하지 않는 게 내게도 더 편하다. 그러지 않으면 다음 날 나를 세게 꼬집거나 내 책상 밑에 쓰레기를 넣어둘지도 모르는 일이다.

한 학기 동안 짝이었던 샤브샤브 집 딸이 기억난다. 내 허벅지를 제일 아프게 꼬집고, 나를 싫어하는 것치곤 나를 자주 찾아와야 했던. 회오리 캔디 모양 머리 방울로 머리를 묶길 좋아하고 주홍색 옷을 즐겨 입던. 그토록 시끄러운 색을 매일같이 걸칠 수 있는 사람은 많지 않다. 언제나 팔짱을 끼는 쪽이 그 애였던 것도 당연하다. 한번은 내게 반쯤 매달린 그 애의 팔을 풀어내고서 내가 팔짱을 끼려고 시도해본 적이 있다. 정말로 팔짱을 끼는 쪽이고 싶어서 그랬던 것은 아니다. 일종의 반항이자 실험이었을 뿐이다. 그녀는 큰 충격과 배신감에 휩싸인 채 가던 길에 우뚝 멈춰 섰다. 잠시 파르르 떨다가 경직된 미소를 지으면서 간신히 말했다.

너가 나보다 멋있으니까, 이게 더 어울릴 거야.

그러고는 다시 나에게 팔짱을 꼈다. 나의 두껍고 검은 가죽 재킷이 만든 고리 안으로 주홍색 팔이 들어와 감겼다.

그 애의 집은 학교와 우리 집의 중간쯤에 있었다. 그 애의 부모님이 운영하는 음식집 이름은 '우미관'이었는데, 가족이나 단체가 몰려와 외식다운 외식을 하는 2층 벽돌집이었던 것으로 기억한다. 자갈이 깔린 마당에는 아이들을 위한 그네 하나가 있었다. 그 애와의 귀갓길은 언제나 그 그네를 타는 것으로 끝이 났다.

나도 그 그네가, 그리고 그 그네가 의미하는 바가 좋았다. 학교에서 한 발짝씩 멀어질수록, 그 애와 나는 비교적 동등한 사이가 되었기 때문이다. 나하고 있는 걸 원무리의 구성원 중 누구에게라도 들키기에는 그 애가 너무 여렸는지도 모른다. 대문에 도착할 즈음이면 그 애의 얼굴을 표독스럽게 물들이던 복수심이, 내게로 전이된 미움이 거의 다 흘러 나가 표정이 순해져 있었다. 그 애는 그네에 앉아서 그날의 서러움에 대해 털어놓다가 자기를 밀어달라고 부탁했다. 그러고는 까르르 웃으며 말했다.

너 같은 남자친구 있으면 좋겠다.

나는 대접받는 게 익숙한 여자애의 뒤에 서서 그네를 밀어주었다. 그저 가끔 그 예쁜 머리칼이 그네 사슬에 콱 끼어버리기를 바랐다. 얼른 그 애의 남자 역할을 끝내고 내 집의 서가 앞으로 돌아가고 싶었다. 집으로 가는 발걸음을 서두르면서 나는 내 팔을 찰싹 감아오던 그 애의 주홍색 팔을 떠올렸다.

그리고 속으로 말했다.

그렇게 하는 거 아닌데.

그래? 그럼 어떻게 하는 건데?

가슴을 꼭 붙이는 거야. 가슴이 팔꿈치에
닿게.

❖

집에 돌아와 투박한 가죽 재킷을 벗으면
나는 비로소 나만의 여자애가 되었다. 살결이
부드러워지고, 머리가 넘실넘실 길게 자랐다.
눈동자에 소녀다운 안광이 돌아오는 느낌이
들었다. 벗어놓은 재킷을 보며 소녀는
저 근사한 라이더가 여자의 옷이 아닌
세계에는 애초부터 속하고 싶지 않다고
힘주어 생각한다. 저 겉옷은 나보다 훨씬
크다. 실로 그건 내가 바라는 일이다. 그

겉옷에 내 어깨가 다 맞지는 않는 일. 저
투박하고 큰 옷이 숨기고 있는 여리고 작은
살, 그 간격과 낙차. 팔짱을 끼고 그네에 타는
이의 자격에 왜 그런 건 해당하지 않는
걸까?

어른의 책과 아이의 책이 나뉘어 있지
않은 책장 속에도 그런 내용은 적혀 있지
않았다. 대신 나는 그 속에서 다른 시대,
다른 공간, 다른 나이대의 여자가 되는
법을 익혔다. 사워도우 브레드를 리넨 천에
싸는 법, 벌꿀 술을 담그는 법, 단추 수프를
끓이는 법, 피마자기름으로 잔병을 치료하고
머리카락을 관리하는 법…… 또는 제비꽃
절임과 라벤더 잼의 향, 나무딸기 주스의 맛,
무화과나 석류가 매개하는 야릇한 관계들에
대해서도 배웠다. '소령'이나
'터키쉬딜라이트'같이 어감이 좋아서 외운

단어들도 있다. 이야기 속의 소녀들은 제의와
의식에 뛰어나므로, 그들로부터 우정을
영속적으로 봉인하고 복수를 마무리하는
법을 배웠다. 시간이 남으면 미래의 조카를
돌보는 법이나 사라진 공룡의 이름, 한반도가
잃어버린 역사, 케찰코아틀 신화, 비행기가
뜨는 원리, 간단한 카드 마술 트릭 따위도
배웠다.

여러 책이 나에게 조언한바, 내가 되어야
마땅한 것은 유산의 분배와 환원에 깊은
책임감을 지닌 상속녀, 만인의 연인이지만
고독이라는 벌레에 심장이 좀먹힌 여배우,
반군의 지도자이자 사관이면서 동시에
삽화가인 어린 공주 등으로 판명되었다.
언젠가는 그걸 알아봐줄 다른 작은 인간이
나타날 것이다. 아니면 어느 날 아침,
연보랏빛 나이트가운을 입은 채 누구도

의심할 수 없는 여자의 몸 안에서 깨어날 수도
있다.

기대와는 달리 어느 아침에도 그런 일은
일어나지 않는다. 나는 매일 똑같은 가죽 재킷
속에서 잠을 깬다. 실은 내 머리가 아주 길고,
심지어 내게도 밝은색의 옷, 리본 머리띠와
머리 방울 따위가 있다는 사실만으로는
충분치 않다. 아무도 나를 놀리려고 하거나,
괴롭힌 뒤에 제발 울지 말라고 사과하거나,
대걸레를 빠는 일에서 면제시키지 않는다.
괴롭혀지기, 또는 제외되기. 그런 게 없다면
이 작은 사회에서 나는 여자애가 아니다.
그렇다면 남자앤가? 아니다. 그럼 중성이거나
무성이었나? 그럴지도. 하지만 그보다는
대개 아무도 나를 성별로 표시할 필요를,
분류할 필요를 느끼지 못한다고 말해야 할 것
같다. 그들은 대체로 내게 말을 걸지 않다가,

이따금 상기된 얼굴로 집에 데려다달라고 부탁하곤 내게 비밀을 보관한다. 또는 그들이 청소 당번이 되는 날, 작은 가방을 미리 메고 대걸레 손잡이를 내 손에 쥐여준다.

오늘만 네가 해주면 좋겠어.

그게 다다.

그런 시간을 제외하고, 아이들은 나를 잘 보지 않았다. 내게는 그들이 원하는 어떤 것도 없었으므로. 보이지 않으면 분류되지 않는다. 그것은 또한 놀라운 자유기도 하다. 그렇지 않았다면 남자애들에게 내가 읽던 책을 뺏기거나, 남동생을 둔 언니들에게 불려가 내 동생과 놀지 말라고 뺨을 맞았을 수도 있다.

그러니까 응시의 사각지대에 놓여 있다는 것이 크게 나쁜 것만은 아니다. 곧 자기 몫의 응시를 갈구하게 되기 전까지는.

❖

　그날만큼은 나에게도 모두가 원하는 게 있었다.

　아는 삼촌이 내게 포켓몬 도감을 선물하던 날, 나는 포켓몬 시리즈를 잘 모르면서도 그걸 꼭 학교에 가져가고 싶다고 생각했다. 현재까지 밝혀진 모든 포켓몬이 그려졌다는 그 브로마이드를 들고 학교에 나타났을 때, 반 아이들은 나를 가운데 둔 채 성별을 기준으로 갈라섰다. 내가 그 브로마이드를 당연히 보여줄 거라고 믿는 여자애들이 내 앞에 모여 앉고, 내게 우정을 기대할 이유가 없는 남자애들이 내 등 뒤쪽에 모여 섰다. 그들은 우리도 보여줘, 보여줘, 적정 거리에서 소리쳤다. 나는 천천히 등을 돌렸다.

너희도 보여줄게. 대신 이제 여자애들 안 괴롭히겠다고 약속하면.

그건 한 무리의 여자애들을 보호하고 있어서 느낀 흥분이었을까? 아니면 한 무리의 남자애들과 얼굴을 마주하고 있어서 느낀 흥분이었을까? 나는 미소를 꾹 참으면서 한쪽 손에 쥔 포켓몬 도감을 등 뒤에 잘 숨기고, 다른 손바닥을 남자애들 쪽으로 쭉 내밀었다. 내가 곧 보여줄지도 모르는 세계를 기다리느라 안달이 난 수컷들이 입술을 깨물고 진땀을 삐질삐질 흘렸다. 내 등 뒤에 늘어선 여자애들은 일찍 점친 승리의 흥분으로 새된 숨을 쌕쌕 뱉고 환호를 질렀다. 당장이라도 다시금 적대로 추락할 수 있는, 그 팽팽한 조건부 연대의 중간 지점에 내가 있었다. 나를 감지하지 못하던 작은 사회인들이 양쪽 끝에서 나의 허영심을 길게

잡아 늘였다. 남자애들의 대답이 좀 늦어져도 좋겠다고 생각했다. 그러나 그들은 나의 협상 조건을 듣자마자 고개를 연거푸 끄덕이고는 이제부터 그렇게 하겠다고 소리를 질렀다.

물론 다음 날이면 언제 그런 협정이 있었냐는 듯 남자애들은 여자애들을 괴롭히고, 여자애들은 쪼그리고 앉아 복숭아색 무릎을 감싸고 울었다. 여자애들은 여자가 아닌 애들을 괴롭히고, 여자가 아닌 애들은 가능한 한 느리게 가방을 쌌다. 웬만한 아이들이 모두 교실을 떠난 뒤에 느지막이 하교하는 데에는 여러 장점이 있다. 빈 교실을 점검하러 들어온 담임 선생님과 몇 마디 인사를 나눌 수도 있고, 조용한 운동장을 한적하게 가로질러 집에 갈 수도 있다. 운이 좋으면 솔바람교실이라는 야외 학습장에 앉아 있다가 고학년 오빠들이 축구 하는 모습을 구경할

수도 있다. 혹시나 저 중 하나가 넘어져
무릎이 까진대도 문제없을 것이다. 가방
깊숙한 곳에 연고와 밴드 등등이 든 응급 약
주머니가 있으니까. 산골 햇빛에 잘 그을린
새까만 정강이에서 흙이 섞인 피를 닦아내고
시큼한 냄새가 나는 요오드를 바르면 소년은
아픔을 참기 위해 콧잔등을 찌푸릴 테다.
나는 그런 공상을 하면서 집을 향해 걷는다.
원길리의 논밭을 누비며, 새콤한 싱아
속대를 질겅질겅 씹으며, 떠돌이 시골 개의
목줄 아래를 시원하게 긁어주고, 배추밭 옆
도랑물에 죽어가는 물고기를 다시 던져 넣고,
독이 있다는 무당개구리를 피해 조심하면서
걷는다. 혼자 걷는 하굣길은 그런 식으로
길어지게 마련인데, 그러고도 힘이 남아 집
뒷산의 억새밭까지 들르는 날이면 살 곳곳에
스민 바람의 무게만큼 몸이 무거워져 잠이

솔솔 잘 온다.

그러나 어느 순간부터 나는 잠을 자다 말고 반짝 일어나, 내 신체와 정신의 잘못된 구석을 찬찬히 살핀다. 보아진 적 없는 몸을 보는 것은 어렵다. 거울 없이 얼굴의 점을 세어보려는 사람처럼 추론이 더디다. 나는 아는 척이 심하다는 말을 자주 듣는다. 전 과목, 전 교시를 통틀어 모든 질문에 손을 들고 대답했던 게 아주 후회스럽다. 노래를 지어서 부르거나 음악 없이 아무 춤이나 췄던 것도. 나는 엄밀히 말해 전학생이 아니지만, 서울에서 왔다는 이유로 종종 전학생이라 불린다. 같은 고무대야에서 목욕하던 애들 사이에서 어색한 게 당연하다. 나는 매 학기 무상 우유 급식 신청서를 받아 낸다. 그런가 하면 우리 집엔 단풍나무나 상아, 대리석 등으로 만든 작은 말 조각상이 여럿 있고,

책이 많다. 담임 선생님이 혹시 집이 어렵냐고
물었을 때 내가 뭐라고 했더라? 우리 가족은
대화가 잘 통하고 부모님은 청렴하세요.
청렴? 선생님은 웃는다. 좀 더 아픈 구석까지
건드려본다. 나는 또래에 비해 과체중이다.
심란하지만 아무래도 그게 유력하다는
생각이 든다. 그럴 바에야 그냥, 아무 이유가
없었으면 좋겠다고 생각한다.

　네가 더 멋있다던 그 애의 말을 떠올린다.
모욕처럼 느껴진다. 나는 멋이 좋지만
멋있다는 말을 듣는 게 싫다. 멋있다는
말은 이해가 안 간다는 말이고, 자기라면
하지 않을 선택이라는 말이다. 그러나 그게
내 길일 수도 있을까? 차라리 멋있어지는
게 답일 수도 있을까? 나는 멋있다는 말에
맞게 몸을 바꾸어본다. 그런 생각을 하면
어깨가 구부정하게 말리고 턱은 앞으로

빠진다. 주머니에 엄지를 걸치고 벽에 기대어 서서 한쪽 다리를 굽혀야 할 것 같다. 또는 몸의 방향을 어디로든 순발력 있게 돌려서 달려나갈 수 있도록 무릎을 살짝 굽히고 상체를 낮춘 채 시선은 정면을 주시해야 할 것 같다. 큰 뜻을 품은 소년들이 결투를 예감할 때처럼. 사실 내가 아는 어떤 진짜 소년도 그런 자세로 싸우지 않는다. 그 시기의 남자애들은 분할 때면 뒷목까지 시뻘게져서는 압력밥솥 같은 소리를 낸다. 때리기보다는 서로를 한 번씩 거세게 밀치고, 그런 폭력을 써야 했다는 사실에 놀라며 나란히 운다. 그것보다야 잘할 수도 있겠지. 그러나 나는 별로 싸우고 싶지 않다. 미약한 가능성을 열어두고 자세를 바로 한다.

이번에는 예쁘다는 말에도 몸을 맞추어본다. 금방 부끄러워진다. 이미 가진

몸을 싫어해야 할 것만 같다. 내가 아는 것
중 무엇이 예쁜 것으로 분류되나? 아니다.
그들에게는 무엇이 예쁜 것으로 분류되나? 잘
모른다. 머릿속이 하얘진다. 대신 내가 하고
싶은 것을 떠올린다. 심바를 약 올리는 날라
같은 거, 우르술라의 육중한 걸음 같은 거.
해초같이 찬란한 그녀의 은발이 진폭이 큰
걸음걸이에 맞추어 이쪽저쪽으로 일렁이는
모습 같은 거. 또는 르네상스 회화 속에서
목욕을 하는 여자들의 배를 생각한다. 어찌
됐든 내가 되기에는 그쪽이 더 가능성이 있어
보인다. 나중에 어떤 방식으로든 아름다울
수만 있다면 멋있다거나 예쁘다거나 하는
그런 말에 좀 더 오래 괴롭대도 참을 수 있다.

아니면 늑대 같은 은발을 한 나의 엄마,
수를 떠올린다. 아빠보다 짧은 머리에,
청바지를 즐겨 입고, 아침 커피와 담배를

꼭 챙기는. 수가 학교에 올 때마다 내가
얼마나 자랑스러워지는지를 떠올린다. 한
명이라도 더 내 엄마를 보면 좋겠어서 나는
주변을 두리번거리곤 한다. 자전거를 타거나
달리기를 하는 수의 모습을 특히 보여주고
싶다. 수는 좀처럼 가방을 들지 않거나
들더라도 백팩을 메기 때문에 언제든 달릴
준비가 되어 있다. 그의 이름에 계수나무를
뜻하는 한자가 들어 있다는 사실도 말하고
싶다. 계수나무 한 나무- 그의 쎄쎄쎄는 손을
상하로 젓는 방식이 아니라 좌우로 젓는
방식이라는 사실도. 수가 아닌 사람과 처음
쎄쎄쎄를 하던 날 내가 느낀 난처함에 대해서
수는 아직 모른다. 어떻게 운을 띄울까?
엄마랑 하던 대로 손을 움직였더니 친구와
엇갈렸어. 상상 속에서 수와의 대화는 이렇게
이어진다.

엇갈렸어?

응.

친구들은 어떻게 하는데?

그닥 중요하지 않아. 바꾸지 않을 거니까.

역시 수는 모르는 편이 좋겠어. 의미 없는
대화가 될 것이다.

수가 말을 타던 시절의 이야기를 나는
몇 번이고 들을 수 있다. 제일 좋아하는
부분이라고 할 수는 없지만, 승마 동아리에
가입했으면서도 말을 타지 않는 여자들을
은근하게 흉보는 대목을 빼놓으면 섭섭한
느낌이 든다. 모래로 가득한 마장에 힐을 신고
와서 서러워하다가 담배만 피우고 간댔나.
그럼 왜 승마장에 오는데? 물으면, 운동
끝나고 술자리가 있으니까 그걸 기다리는
거야, 하고 수는 설명해준다. 자신은 늘
흙먼지와 비지땀과 말똥 냄새로 뒤덮여

있었다고 대수롭지 않은 듯 말할 때, 여자는 어김없이 그 아름답고 각진 턱을 미세하게 치켜든다. 더러운, 냄새나는, 다 젖은……. 그런 표현을 자신에게 붙이며 놀랍게도 즐거워 보이는 여자에게 꼭 하고 싶은 이야기가 생각난다.

음, 나는 저번에 대걸레를 맨손으로 빨았어. 왜냐면, 어, 귀찮으니까. 원래 내가 당번은 아닌데 걔가 못하겠다고 해서. 손가락 사이로 구정물이 빠져나오는데 그러다 옷에도 튀어서 옷이 젖었어. 애들이 그걸 보고 다 경악했어. 왜냐면 더럽고, 냄새나고, 다 젖었고…….

거기까지 생각이 이르자 마음이 기쁨으로 가득 찬다. 그러니까 난 여자인 거야. 여자애가 아니라. 그렇다면 수가 시시해하는 여자가 될 수는 없지.

하지만 어떻게? 어떻게 연습해야 하지?
언젠가 맞수를 만나게 되었을 때, 혼자서
연습했다는 티가 너무 나지 않으면 좋겠는데.

❖

5학년이 되면서 사정은 좀 나아질 거라고,
미리 알려줄 수 있다면 좋겠다. 누구에게든.
또는 그때쯤 너와 딱 맞는 전학생이 하나
오게 돼 있다고, 세상엔 그런 섭리가 있다고
일반론처럼 말할 수 있다면 좋겠다. 토박이가
아니라 전학생과 우정을 나눌 운명인 사람도
있는 법이라고. 너는 몇 년 먼저 도착한
전학생일 뿐이니, 이방인에 대한 환대를 미리
연습해둔다면 도움이 될 거라고.
그런 섭리가 없다는 게 아쉽다. 나는
내가 5학년이 되었고, 때마침 미술 선생님의

큰딸이 전학을 왔다는 사실만을 말할 수 있을 뿐이다. 잘 다린 옥스퍼드 셔츠에 쥐색 니트 조끼, 체크무늬 모직 치마, 레이스 양말, 검은 로퍼, 헤링본 패턴의 베레모까지, 그야말로 그림 같은 전학생. 나중에 안 사실이지만 그 애는 전학을 자주 다녔다는데, 내 생각에 옷을 그렇게 차려입고서야 언제나 전학생인 것 말고 무슨 선택지가 있나 싶다. 맑은 피부 아래로 눈가 주변의 푸른 핏줄이 비쳐 보이고, 눈이 너무 크고 볼이 늘 발간 나머지 몰래 울다 온 것 같은 고운 안색. 전학 후 첫 장기 자랑 시간에 나무 리코더를 가져와 〈할아버지의 낡은 시계〉를 연주하던 그 애의 모습은 내게 거의 황홀에 가까운 패배감을 안겨주었다.

저 애다. 저 애가 여자애다.

말하자면, 저 애는 소공녀고, 메그고,

다이애나다. 내가 알아본다는 걸 저 애가
알아보기만 한다면, 우리는 어렵지 않게
단짝이 된다. 돌이켜보면 그 애에게는 얼마나
많은, 선택 가능한 무리가 있었나? 쉬는
시간마다 새 전학생 주위로 여자애들이
모여들었다. 얼마나 예쁜지를 말하러, 그러니
밥을 같이 먹자고 말하러. 다이애나는
며칠간의 집약적인 자극과 관심에 하얗게
질려버린 나머지, 어느 날 점심시간에
웬만해서는 말을 걸지 않는 거의 유일한
인물인 내게 다가온다. 내 책상을 약하게
두드려 점잖게 주목을 요구한 다음,
급식소에서 자기하고 같이 앉아달라고
속삭인다. 나는 조금 딱딱하게 그러겠다고
말한다. 네 제안이 거북스러워서 표정이
경직된 게 아니었다고, 나중에 해명할 기회가
올 것이다. 나는 그 애를 데리고 배와 어깨에

단단하게 힘을 준 채 일어선다. 곧 싸늘한
야유로 교실의 공기가 팽팽해진다. 목소리를
낮추지도 않고 말해버리는 이도 있다. 쟤가?
아찔한 적대를 가르면서 교실을 빠져나간다.
끝내 누군가 울음을 터뜨린다.

　　그즈음 다이애나와 단짝이 된 것이
얼마나 다행이었나. 그 애는 학교 뒤편에 있는
관사로 나를 자주 불렀다. 내가 도착하면
평소에는 엄마의 감시 때문에 먹을 수 없다는
라면을 세 개나 끓였다. 계란까지 추가한
라면은 둘이 먹기에는 너무 많아서 없어지는
속도보다 불어나는 속도가 더 빨랐다. 그 애는
얼마 먹지도 않고서 일어나 후식으로 포도
주스를 가져온다. 우리는 투명한 유리잔에
주스를 담아 서로 부딪친다. 접이식 테이블
아래로 다리를 뻗고 비스듬하게 누워서, 그
애는 라면 먹던 젓가락을 마법 지팡이처럼

휘둘러 나지막하게 윙가-르디움 레비오-
우사라고 읊조린다. 너도 아는구나? 오싸,
라고 발음하면 안 되잖아. 우리는 밥상이
들썩거릴 정도로 킬킬거린다. 배가 너무
불러서인지, 상상된 취기가 도는 것인지
참을 수 없이 웃음이 나왔다. 그 애가 방탕과
사치, 향락의 감각을 흉내 내려는 게 좋았다.
기억하고 싶은 순간에 사뭇 비장한 서약과
맹세를 하려는 버릇, 먼 나라의 마법에
심취하는 경향성 그런 걸 우리가 공유한다는
점이 좋았다.

　　고학년이 되면서 교실 안의 공기는 영영
달라진다. 남자애들은 어느 순간부터 죄다
말끝을 흐리기 시작한다. 분명하고 친절하게
또박또박 힘주어 말하던 유년의 흔적을
기를 쓰고 감춘다. 설득하기 위해, 전달되기
위해 말해야 하는 약자의 습속에 매여 있던

시간이 그간 얼마나 분했는지 모르겠다는
듯이. 자신의 말을 이해하려고 노력하는
것은 세상의 몫이라는 거만과 분노의 자세를
준비들 해온다. 원하는 것과 가진 것이 서로
맞지 않을 때 아! 아! 하는 짧은 고함으로
교실을 얼어붙게 하는 법, 어깨에 힘을 준 채
복도를 걸어 다니며 느닷없이 쉬익- 쉬익-
하는 소리를 내는 법, 그런 사소한 요령들도
반복해서 훈련하지 않으면 꼭 탄로가 나게
되어 있다.

결정적으로 그들은 여자애들을, 특히나
그들의 울음을 무서워하지 않게 된다. 자신의
괴롭힘에 눈물을 흘리기 시작하는 여자애들을
가장 두려운 악몽을 마주하듯 대하던
소년들은 무리에서 사라진다. 그들은 더 이상
하얗게 질린 채 제발 조용히 해달라고, 내가
다 잘못했다고 말하지 않는다. 누구든 울게

내버려둔다. 무릎 사이로 고개를 파묻었던 소녀들은 울음을 멈추고, 달라진 공기를 가르며 천천히 일어난다. 눈물의 흔적을 싹 지우고, 목을 꼿꼿하게 세운다. 얼마간 상대방을 노려보면서, 상대하기엔 네가 너무 저질이라는 느낌을 충분히 전달한 시점에 공간을 떠나버린다. 야, 야, 어디 가냐고? 소녀는 돌아봤다가, 나쁜 냄새가 난다는 듯이 인중을 씰룩이곤 도로 걸어 나간다. 그렇게 5학년은 서로가 역겹다는 듯 고개를 돌리면서, 그리고 간절하게 곁눈질하면서, 갑자기 지독하게들 사귀어댄다.

기풍교회 제1별관에서 소녀들은 모인다. 어떤 남자애를 나도 좋아하고 쟤도

좋아한다거나, 감히 걔가 나한테 고백을
했다거나 하는 식의 이야기를 나누기 위해.
보다 주의 깊게 들으면 우정을 유지하는
것의 어려움, 자신의 사회적 매력에 대한
회의, 의리와 윤리 사이에서 일어나는 갈등,
연인과의 계급 격차, 그 격차로 인한 교내
질서 붕괴의 책임 등을 논하기 위해. 아이들은
그걸 꼭 '고민 상담'이라고 부른다.

나는 내가 어떤 자격으로 거기 앉아
있는지 생각하느라 자주 쟁점을 놓친다.
다이애나가 이런 이야기를 얼마나
싫어하는지가 떠오른다. 때마침 아이들은
내게 다이애나가 좋아하는 남자애에 대해
묻는다. 잘 몰라, 나는 입을 다문다. 걔는
예쁜데 이상해, 아이들이 수군거린다. 실은
나는 비슷한 질문을 다이애나에게 한 적이
있다. 다이애나는 장난스럽게 너, 난 너 좋아,

그렇게 대답했다가 내가 학급의 남자애들을
예로 들자마자 불같이 화를 내면서 팔짱을
풀어버렸다. 또는 내가 실버백 고릴라처럼
탄탄한 가슴을 가지고 있는 씨름부
남자애한테 아무도 모르게 팬케이크를 구워다
주었고, 그날엔 브라를 하고 겨자색 목 폴라를
입었다고 말했을 때도 화를 냈다.

　　그런 게 좋아?

　　난 황급히 아니라고 말했는데, 정확하게
어느 부분이 다이애나의 마음을 상하게
했는지는 알 수 없었다. 그런 게 뭐지?
학급에서 제일 폭력적이고 무례한 남자애를
내가 힐끔거린다는 것? 케이크를 구운 것?
가슴이 도드라졌으면 하고 옷을 골랐다는 것?
하지만 다이애나, 나도 그런 게 부끄러우니까
네게 말한 거잖아, 라고 나는 한 번도 해명할
엄두를 내보지 않았다. 다이애나는 화를

잘 내고 화가 나면 입을 꾹 다문 채 바로
집에 간다. 그렇게 많은 하교 약속이 파탄
났다. 나는 몇 번의 싸움을 통해 기풍교회에
초대되는 날에는 그 애에게 아무것도 알리지
않는 게 낫다는 걸 배웠다.

다이애나의 단짝으로 나를 분류할 수
있게 되면서, 아이들은 전보다 나를 더
홀가분하게 불러낸다. 이게 공식적으로
인정되는 관계는 아니라는 점이 그들의
부담을 줄여주는 것 같다. 급식을 같이 먹지는
않지만, 이따금 방과 후 고민 상담을 의뢰하는
사이. 기도로는 다 해결되지 않는 고민도 있는
법이니까.

별관으로 옮겨 가기 전에, 예배당에서
아이들은 예수님께 기도하는 법을
가르쳐준다. 나는 헐벗은 근육질의 남자가
영겁의 고문을 당하는 공간에서 내 가장

깊은 소망을 나누고 싶지 않기 때문에 아무 방향으로나 혼자서 지은 간단한 묵례를 한다. 아이들이 눈을 감고 있는 동안, 고개를 설핏 쳐드는 저항심 때문에 약간은 흥분하면서 그렇게 한다.

나는 교회가 싫다. 종교는 아편이랬던가, 아빠는 개신교회 신자들에 대한 안 좋은 이야기를 많이 들려주었다. 섬기기 위해 건물까지 올려야 하는 사람들의 신앙이란 게 얼마나 취약하니? 믿지 않는 사람만이 믿는다고 힘주어 말할 뿐야. 알지 못하는 사람만이 기쁘게 안다고 말하는 것처럼.

그러나 물론 아이들은 서로 믿음이 달라도 친구가 된다.

너네 가족은 하나님 믿어?

아니. 나는 불가지론자야.

그게 뭔데?

확신하지 않는 거야.

아, 그럼 우린 천국에선 못 만나겠네.

지금 만나니까 괜찮아.

내가 너 용서해달라고 기도해줄까?

그런 종교적 통성명을 하면 그만이다.
천국에 못 갈까 봐 무섭지는 않다. 다만
마음에 걸리는 것은 나의 신들이다. 매일
아침 나의 진실하고 상세한 기도를 받아보고
계시는 밤나무, 전나무, 갈대숲, 바위와
시냇물께서 내가 인간신에게 마지못해 올리고
있는 이 기도 아닌 기도를 양해해주실까?
바라건대, 내가 친구들에게도 그들에게도
무례를 범하지 않기 위해 고안해낸 즉흥적인
인사법을 다소간 어여삐 여기시면서?

어쨌든 내가 자연물에 깃든 영혼을 믿고
그들과 자주 대화를 나눈다는 점은 뜻하지
않게도 게릴라 상담소를 운영하는 데 큰

도움이 되어주었다. 자연물의 영혼에게 말을
걸다 보면 표면적인 침묵에 익숙해지기
때문이다. 영적으로는 수다스러운 많은
바위를 나는 알고 있다. 다만 바위들은 욕을
하거나 여자친구의 마음을 아프게 하지
않는다.

지난 학기에 B한테 고백을 받아서 내가
이번 방학까지 고민하다가 비밀로 사귀자고
했거든? 근데 걔가 자꾸 엠창이라는 말을
쓰는 거야. 그래서 내가 그 말 쓰지 말라고
했어. 근데 아직도 무슨 일만 있으면 엠창,
엠창 그런다니까.

나는 엠창이 뭔지 묻는다. 엄청 나쁜
말이야. 그건 엄마가 다방에서 일한다는
뜻이야. 주로 맹세를 할 때 쓰는 말이야.
각자의 설명이 겹치고 또 충돌한다. 쓰지
말았으면 좋겠다는 말을 뜻풀이해주려는

사람치고 아이들은 몰래 즐거워 보인다.

너도 써.

그 말은 너무 심하잖아. 그리고 걘
아빠밖에 없어.

똑같이 말고. 아빠로 바꿔서.

아빠는 남잔데?

남자도 할 수 있어. 프랑스어로
지골로라는 말도 있거든.

지골로가 뭔데 ?

돈을 내는 애인 같은 거야.

근데 그 말은 별로 안 나쁘게 들려. 좀
멋있어 보여. 그리고 프랑스라잖아.

그러곤 모두가 자지러진다. 웃기
시작한다는 건 좋은 신호다. 아이들은 상담
시간에 자주 운다. 차라리 여자랑 사귀고
싶다고 말하면서 운다. 여자를 좋아하고 싶다.
나는 그게 무슨 말인지 정확하게 안다. 그건

호강을 하고 싶다는 뜻이다. 고통받을 체력이
회복되고 나면 곧 너 같은 남자를 좋아하고
싶다는 식으로 조건을 붙여 깜찍하게 말을
바꾼다. 그러면 나는 굵은 빗으로 그들의
머리를 윤기가 날 때까지 빗어주면서
겉으로도 속으로도 웃는다. 진심으로? 남자가
이렇게 할 수 있을 것 같애?

　저들 중 누가 그렇게 할까? 누가 너의
머리를 이렇게 오래도록 빗어줄까? 얼굴을
구기지 않고서 볼에 흐르는 눈물을 닦아주는
법에 대해 그들이 고민할 이유가 뭘까?
괴롭혀주지 않고선 못 배길 매력이 네
배꼽에서 흘러나오고 있다는 듯한 시선 속에
있고 싶은 마음을 누가 알아주며, 상상해온
그 시선을 그대로 너에게 쏟으면서도 동시에
너의 결백을 분명히 하고, 도리어 나의
무례를 사과하는 귀찮은 짓을 누가 할 수

있을까? 실은 진정으로 네가 그렇게 대해지길 원했다는 사실을 누가 의리 있게 비밀에 부쳐줄까?

기풍교회 별관을 떠나기 전 우리는 강강술래 하듯 둥그렇게 서서 손을 잡고 앞뒤로 흔든다. 오늘 고민의 주인공은 마주 잡은 다섯 쌍의 손이 흔들리는 리듬에 맞추어 까치발을 들었다가 내렸다가 하면서 폐회사를 한다.

내가 걔랑 사귀는 거, 다 비밀이야. 알지?

사려 깊고 공평의 감각이 뛰어난 한 친구가 하마터면 잊을 뻔했다는 듯, 갑자기 나서서 나의 비밀도 말해보라고 부추긴다. 나는 물어봐주는 것만으로도 고맙다고 말하면서 쓸쓸함을 감추는 척 시선을 내렸지만, 실은 이야기를 감출 때마다 묘한 기쁨이 찾아오는 것을 느낀다. 세상에는 이해받지 못하는 기쁨이란 것도 있는 법이야.

이것은 이해받는 기쁨을 알기 전의 이야기다.

　다 비밀이야, 알지?

　언젠가 그렇게 말해보고 싶다. 그 말을
하던 친구의 눈은 입 속에서 오래 굴린
사탕처럼 반짝였다. 비밀이란 누군가에게는
말해야 비로소 비밀인 걸까? 혹시 비밀의
밀은 꿀 밀(蜜)일까? 나는 훗날 비밀의 밀이
빽빽할 밀(密)임을 알고는 실망한다. 어쨌든
나의 비밀은 입에 침이 고인다는 듯 말해볼
수 있는 성질의 것은 아니다. 적어도 교회
별관으로 친구들을 데려가 그들의 빽빽한
머리칼 사이로 속삭일 수는 없다. 나의 비밀은
방금 전까지 교회 별관에서 나하고 같이 앉아

있었기 때문이다. 당사자 앞에서 말하는 게
어떻게 비밀이 되겠는가?

간호조무사의 딸인 그 애는 눈도 입도
아주 큰데 코만 조그매서 별명이 개구리
공주였다. 그리고 같은 학년 여자애 중에
세 번째로 키가 크고 언제나 계주의 마지막
주자로 뽑힐 만큼 달리기를 잘했다. 토박이인
데다가 예쁘고 입도 걸어서 인기가 많던
공주는 다른 여자애들과 마찬가지로
학교에서는 나와 아무런 접점이 없었지만,
바쁜 엄마가 집을 비우는 날에는 나를 집으로
부르곤 했다. 때론 공주의 집에 도착했을 때
그 애의 엄마가 아직 있기도 했는데, 그러면
공주는 자기 엄마에게로 껑충껑충 뛰어가
엉덩이를 철썩 때리면서 아줌마! 밥 줘!
그랬다. 아주머니는 딸애의 커다란 입을 좀
아프게 두드리곤 내게는 편하게 있다 가라고,

그리고 공주의 공부를 좀 도와주길 바란다고
당부하면서 서둘러 나갔다.

간호사시라고 했지? 그래서 엄청
바쁘신가 보다.

조무사야. 간호조무사.

뭐가 다른데?

몰라. 근데 틀리면 화내.

내 몫과 자기 몫의 밥을 준비하면서
공주는 말했다. 쿰쿰하고 짠맛이 나는 새까만
고추장에 흑미가 드문드문 섞인 쌀밥을
비벼 먹고 나면, 그 애는 내 손목을 잡고서
계몽사의 디즈니 그림 명작 전집과 문제집
몇 권이 있는 자기 방으로 날 데리고 갔다.
주인의 손을 가장 많이 탄 책은《공주와
완두콩》으로, 책등이 헐어서 제본용 거즈가
훤히 드러나 있었다. 디즈니 전집 속 공주는
거진 미니거나 데이지였다. 다 똑같이 생긴

공주들을 그 애는 어떻게 지루해하지도
않고 계속 볼 수 있을까? 내가 가진 동화책
속의 여자들을 생각하면 어깨가 으쓱해졌다.
오일 파스텔로도, 펜촉으로도, 목탄으로도,
붓으로도 그려진. 그 애가 손도 대지 않았을
것 같은 책을 골라 뒤적여볼라치면, 그 애는
요에 누워 있다가 하품을 하면서 내게 우리 또
조폭 놀이 하자, 그랬다.

그러면 나는 못 이기는 척 요에 같이
눕는다. 조금은 기다린 일이었다. 공주는 얇은
누비이불을 머리끝까지 끌어와 몸 전체를
덮고는 나를 자기 몸 위로 올린다. 우리는
손을 모아서 서로의 둔덕을 꾹꾹 누르고
만진다. 입술을 부비고 부딪힌다. 솜이불
밖으로 숨이 잘 새지 않기 때문에 점점 호흡이
어려워진다. 너무 더워서 손가락과 가랑이에
자꾸 땀이 찬다. 여름에는 가슬가슬한 인견

이불을 덮는데도 그랬다. 아이들의 몸에선 열이 엄청 난다.

우린 왜 그걸 조폭 놀이라고 불렀을까? 그 애가 먼저 이 놀이를 그렇게 부르자고 제안했을까? 아님 나였을까? 기억이 잘 나지 않는다. 조폭들은 야한 걸 잘하나? 야한 걸 잘한다고 해도 우리가 어떻게 알 수 있었을까? 무엇보다 우리가 하는 짓을 하기 위해서 조직폭력배까지 될 건 없었다.

여보, 왜 이제 와요!

내가 미안해.

그 정도가 우리가 하는 대화의 전부였기 때문이다.

매번 이유는 달랐지만, 조폭 남녀의 대화 속에서 아래 있는 사람은 주로 책망하고 위에 있는 사람은 주로 사과했다. 자개장 냄새가 나는 이불들 아래서 나는 그 애의 위로 올라타

거듭 미안하다고 말하면서 그 애의 이마와
눈에 입을 맞추었다. 그러면 그 애는 무척이나
속이 상했다는 시늉을 하면서 내 가슴을
밀쳐내고는 몸을 이리저리 꼬았다. 나는
공주에게 정말로 예쁘고 부드럽다고 말해주곤
그 애의 속옷 속에서 손을 꼼질거리다가도,
얼만큼 사과를 한 다음에야 내가 아래로
가도 되는지 물어보고 싶은 것을 꾹 참았다.
고맙게도 그 애는 내가 부탁하기 전에 열
번에 한 번쯤 나를 아래에 두고 자기가 위로
가주었다. 맘과는 달리 나는 어떻게 몸을
이리저리 꼬아야 하는지 잘 몰랐다. 공주가
내게 예쁘다고 말하는 것도 어쩐지 참을 수
없을 것 같았다. 얼마 못 가 그 애는 다시 내
아래에 누워 나를 올려다본다.

다음 날이 되고 학교에 가면 공주와 나는
서로를 놀랍도록 보지 않을 것이다. 나는

단맛이 아니라 짠맛이 나는 비밀에 대해서
생각한다. 집에서 담근 고추장이나, 땀 난
목덜미에서 나는 짭짤한 맛. 그런 맛을 지닌
비밀은 언제 어디서 누구에게 말해지는지.
그런 걸 궁금해하면서.

　　머지않아 나는 그 답을 알게 됐다.
뜻밖에도 어느 도덕 시간에. 색색의 펜과
유인물을 품에 안고 교실에 등장한 선생님은
말했다.

　　지금부터 게임을 하나 할 거예요.
나눠주는 종이에 물건 이름이 많지? 여러분이
무인도에 간다고 생각해봐. 이 중에서 세
가지 물건만 가지고 갈 수 있어. 조별로
모여서 토론하고 그 조에서는 뭘 골랐는지
왜 골랐는지 발표할 거예요. 여기부터 시계
방향으로 1사분단, 쭉 돌아서 저기가 4사분단.
다 알지? 책상 붙이세요.

의자와 걸상이 마룻바닥에 끽끽 긁히는 소리가 교실을 어지럽혔다. 그때, 공주가 손을 들고 큰 목소리로 질문을 했다.

쌤, 근데 무인도는 어느 나라에 있는 섬이에요?

나는 폭소를 터뜨렸다. 얼마나 웃겼는지 고개는 절로 젖혀지고 눈이 감겼다. 나는 웃으면서 말했다. 지금은 국어 시간이 아니라서 선생님이 대답을 못 해주실 것 같다고. 그러나 웃음소리는 나의 것뿐이다. 아니다. 소리랄 게 나의 것뿐이다. 나는 고개를 바로 한다. 숨을 쉴 산소마저 말라붙어버린 듯한 침묵.

두려워하며 눈을 떴을 때에는 모두의 시선이 내게로 돌아와 있었다. 나는 차라리 평소처럼 아무도 나를 보지 않기를 바란다. 또는 이상하거나 짜증 난다는 듯한 잠깐의

눈 흘김, 그런 몰이해의 시선 정도를 받기를 바란다. 그러나 아이들은 이 상황을 정확하게 이해한 채로 나를 보고 있다. 내가……
공주에게 망신을 준 것이다. 어지러울 정도로 꼿꼿한 시선들 사이에서 공주의 커다란 눈과 내 눈이 마주친다. 그 애의 눈은 내게 말한다. 너무했어. 너무했어. 하지만 내가 너에게 어떻게 '너무'할 수 있겠어? 원망이란 아래서 위로 치켜뜨는 시선. 내가 어떻게 너의 위에 있을 수 있어? 나는 이곳에서 별로 존재했던 적도 없잖아.

그러나 그 애가 아래에서 위로 나를 쳐다본 것은 이번이 처음이 아니다. 불현듯 웃풍이 몰아치는 겨울밤 인견 이불 한 장을 덮은 것처럼 몸이 떨린다. 어떻게 말할 수 있을까? 시선만으로도 전할 수 있을까? 웃긴 게 아니라 귀여워서 그랬다고……. 아니다.

네가 다시 한번 너의 방으로 나를 부른다면,
나는 네가 손대지 않은 책에는 절대로
손대지 않을 거라고. 대신 《공주와 완두콩》에
대해서 얘기하고 내가 아래에 눕지 못한다고
해도 볼멘소리를 하지 않을 거고 그리고 네
위에서…… 아무튼 네가 원하는 만큼 오래
사과하겠다고…….

그러나 그 애는 이미 내게서 눈을
돌려버린 뒤였다. 나는 알 수 있었다. 그날
이후로 공주는 영영 나를 초대하지 않을
것이다. 아래에서든 위에서든, 나는 공주에게
사과할 기회를 한 번도 얻지 못한 채 6학년의
마지막을 지났다. 짠맛이 나는 나의 비밀은
언제 어디에서도, 누구에게도 말해지지
못했다. 그것은 비밀이라기에는 너무 죄에
가까워졌으므로.

❖

중학생이 되기 직전의 겨울방학식,
사물함을 비우러 가면서 공주의 눈을 볼
일이 한 번 더 있었다. 그날도 나는 충분히
늦게 교실에 들어갔는데, 아무도 없는 교실
중앙에 공주가 있었다. 정확하게는 교실
중앙에 있는 씨름 선수의 무릎 위에 그 애가
있었다. 공주는 깔고 앉은 남자애의 머리를
헝클어뜨리다가, 두꺼운 목에 팔을 감은 채
체중을 실어 있는 힘껏 몸을 뒤로 젖혔다가,
기분이 좋은 듯이 다리를 이리저리 흔들었다.
공주는 위에서도 공주구나. 저 남자애는 알까?
팔짱을 끼는 여자애들은 잔망 떠는 연습을
내게 다 한 뒤에 진짜로 좋아하는 남자애에게
선보이러 떠난다는 걸. 나하고 연습했다고는
말하지 않으면서.

공주는 내 쪽을 힐끔 보고는 남자친구의 새까만 목에 얼굴을 묻어버렸다. 대신 씨름 선수가 나를 오래오래 쳐다봤다. 그래, 나도 네가 누군지 알아. 너는 실버백이고 언젠가 나는 너에게 팬케이크를 구워다 준 적이 있다. 저 뭉툭한 손에 안 맞아본 남자애가 드물 것이다. 나는 그 애의 손이 어디 있는지를 보게 되기 전에 교실을 나와버렸다.

다이애나는 방학 첫날 내게 중학교를 춘천에서 다니기 위해 다시 이사를 간다고 말했다. 그러니까 전학은 아니네, 잘됐다. 나는 말했다. 꼭 편지한다고 약속해. 다이애나는 나를 껴안으며 말했다. 우리는 손을 잡고 걷다가 만나는 첫 번째 전나무의 가지를 꺾어 반으로 나눈 뒤에 각자의 집으로 가지고 가기로 약속한다. 나는 다이애나가 전학을 가기 전 이 모든 것에 대해 말해주고, 다 비밀이야, 알지? 하고 말하는 상상을 해본다. 그러나 그 상상 속에서 다이애나는 예쁜 베레모를 눈썹까지 눌러쓰곤 내게 등을 돌려버린다. 나는 다이애나가 내게서 등을 돌리기 전에 먼저 뒤돌아 집으로 달린다. 모든 것에 대해 말하지 않기로, 모든 것에 대해서는 혼자만 알기로 결심하면서.

현관문을 열고 거실로 들어오자, 다른 엄마들과 닮지 않은 나의 엄마가 보였다. 나는 알아서 잘 자라기로 한 방금 전의 맹세 따위를 다 부수고 수를 와락 껴안았다. 순식간에 목구멍이 달궈져 삼키는 침방울마다 운석처럼 뜨거웠다. 수의 배꼽에다 대고 아주 조그맣게, 수는 물론 나 자신에게도 들리지 않기를 바라는 게 분명할 만큼 작은 목소리로, 나도, 나는 예쁘냐고 속삭였다. 어마어마한 슬픔과 굴욕감이 쏟아져 금방이라도 몸이 증발할 것 같았다. 예쁘냐고? 수는 유치원 시절의 언젠가 카키색은 남자색이냐고 묻던 내게 지어 보인 것과 똑같은 표정이었다. 수가 이 질문의 의도를 이해조차 못 한다는 사실이, 그 단호한 어리둥절함이 더할 나위 없는 위로가 되었다. 예쁘지, 그럼 예쁘지.

그러나 나는 수의 대답이 끝나기도 전에 그녀의 배꼽 안으로 더욱 세차게 얼굴을 묻었다. 벌써 더 묻고 싶었기 때문에. 묻기에는 부끄러운 질문이라는 걸 스스로 배우고 나서도 기어이 묻고 싶어지는 마음을 이해할 수 없었기 때문에. 가령 이대로 중학생이 된다는 것이 뭘 의미하는지. 너무 많은 단어를 알고 있다는 것은 나중에 희망이 되기도 하는지. 모두가 이토록 마르고 싶은지. 이렇게나 외로운지. 아는 척이 심한 다른 여자애를 엄마는 알고 있는지. 바깥의

세상에는 다른 아름다운 것들이 많은지, 많은
다른 것들도 아름다운지, 나도 내 몫의 응시를
가지게 되는지, 그러니까 소녀들은 언제쯤
따로 자라지 않게 되는지, 그런 것들에 그녀가
영원토록 답해주었으면 싶어서 나는 그만
눈을 질끈 감았다.

작가의 말

이 소설은 3년 전 겨울에 썼다. 몇몇 친구를 제외하고 내 글을 찾는 사람은 없을 때였다. 널리 선보일 날이 올 거라고 상상하지 않았으므로 내가 재밌어하는 이야기로 완성해서 간직했다. 그리고 다시 누가 읽는지 알 수 없는 글들을 썼다. 응원이 필요했던 어떤 날에는 작업 노트 구석에 '지은이가 되고 싶어'라고 적었다. 그러고는 누가 들을세라 겉표지를 단단히 덮어놓았다. 그 문장이 내는 소리가 너무 크게 느껴졌다. 남사스럽게시리.

만에 하나 작가가 된다면 어디 가서 작가가
되고 싶었다고는 결코 말하지 말아야지.
대신 내가 마감이 없으면 얼마나 안
쓰는 인간인지를 뽐내는 거야. 그리고
글을 써달라는 부탁을 받는 일이 얼마나
두렵고 난감한지, 마감이 있는 삶이 얼마나
고통스러운지 말하고 다니자. 그것이…… 진정
작가적인 멋……!

《소녀는 따로 자란다》는 그런 멋에
정면으로 위배되는 소망을 증거하는 원고다.
이 소설이 기억하는 진실은 다음과 같다.
아무도 청탁하지 않을 때에도 나는 썼다. 글로
써야만 살 것 같은 소중한 이야기가 있었기
때문이다. 그 이야기를 알아볼 독자를 만나게
되기를 기다렸다. 재밌으니까 더 해달라고
누군가 말해주기를 바랐다. 내 허름하고

진실된 소망이 빼곡히 서린 글을 내놓을 수
있게 되어 기쁘다. 언제나 자기가 가짜라고
느끼는, 귀여움받기에는 어딘가 징그러운,
지나치게 농담하고 부적절한 폭소를
터뜨리는, 음란하고 불온한 소녀를 가슴속에
품은 사람들이 즐겁게 읽어주면 좋겠다.

　　언젠가 투표를 하러 갔을 때의 일이다.
투표소는 집 근처의 초등학교였다. 아침이라
사람이 별로 없어서 빈 운동장을 볼 수
있었다. 운동장을 보는 일은 마음을 이상하게
한다. 와자지껄 차 있든 고요하게 비어 있든
그곳엔 사각지대가 없다. 태양을 피할 수가
없다. 흙을 보면 곧 다칠 것 같다. 넘어지고
무릎이 까질 것 같다. 운동화 바닥 틈새에
끼는 작은 돌들, 입에서 느껴지는 피맛,
그을린 피부에 하얗게 올라오는 소금기,

짭짤한 땀이 밴 손으로 철봉이나 정글짐을 꼭
쥐었다 놓으면 나는 쇠 냄새. 그리고 하교하는
마음. 혹시 집이 사라졌을까 봐 빠르게 걷는
마음. 정말로 거기에 집이 있는지 알기
위해서는 집까지 다 가보아야 한다는 점. 그건
어린이에게 잔혹한 일인데.

다른 사람들은 이런 기억을 어떻게
졸업했는지 궁금하다. 최선을 다해 비밀에
부치고 있지만, 사실 내 안에는 운동장에 홀로
남겨진 까무잡잡하고 통통한 어린애가 여럿
산다. 생의 어느 시점에는 나였던 애들. 나는
내가 되기 바빠서 그들을 거기 두고 왔다.
가끔은 데리러 가야 한다는 생각이 든다.

사랑하는 사람들이 왜 불행을 겪어야
하는지 납득할 수 없을 때가 있을 것이다.

이런 사람을 붙잡으라거나 저런 사람을
피하라거나 하는 종류의 조언도 그런
연유에서 생겨났을 거라고 짐작한다. 그러나
나는 타인과의 관계에서 겪는 기쁨과
슬픔을 사전에 조정할 수 있다고 믿는 모든
아이디어에 넌더리가 난다. 좋은 어른이
최선을 다해도 막을 수 없는 일이 있다.
어린이들에게는 슬픈 일이 일어난다. 나는
당신에게는 어떤 일이 일어났는지 듣고 싶다.

내가 감사할 줄을 알고 있을 모든 이에게
감사하다. 아무래도 모른다 싶은 사람에게는
직접 찾아가서 전하겠다.

곽선희 편집자의 놀라움에 대해 적어두고
싶다. 때로 나보다 그가 이 글을 더 잘
소화하고 있는 것 같아서, 잘 모르겠을 땐

대부분 그가 하자는 대로 했다. 글쓴이로서의 곤조를 발휘해야 하는 게 아닐까 싶은 순간에도 그의 보살핌이 너무 달콤한 나머지 자꾸만 몸을 맡기게 되었다. 눈이 밝고 손이 빠르며 심장이 뜨거운 편집자가 일하는 모습을 지켜보며 알았다. 글을 쓰는 일과 책을 만드는 일은 굉장히 다르다. 나는 글을 쓰는 사람은 몰라도 책을 만드는 사람은 못 될 듯하다.

이 소설을 내 최초의 친구인 단에게 바친다. 원고를 읽고 그는 말했다. 언니, 나는 이게 무슨 이야기인지 다 알아. 나는 놀라서 그를 빤히 쳐다보았고 그는 고개를 끄덕이며 슬며시 웃었다. 누굴 데리러 온 사람이 으레 그러듯이. 참, 단은 나의 동생이다. 미리 말해두지만 나는 내 동생을 위해서라면 무슨

짓이든 서슴지 않는다. 그에게 환희 또는
상처를 줄 계획이 있는 모든 사람은 참고하길
바란다.

2023년 겨울

안담

wefic-41

소녀는 따로 자란다

초판 1쇄 발행 2023년 12월 13일
초판 3쇄 발행 2024년 5월 22일

지은이 안담
펴낸이 최순영

출판2 본부장 박태근
스토리 독자 팀장 김소연
편집 곽선희 김해지 이은정 조은혜
디자인 이세호

펴낸곳 ㈜위즈덤하우스   **출판등록** 2000년 5월 23일 제13-1071호
주소 서울특별시 마포구 양화로 19 합정오피스빌딩 17층
전화 02) 2179-5600   **홈페이지** www.wisdomhouse.co.kr

ISBN 979-11-6812-742-5 04810
       979-11-6812-700-5 (세트)

값 13,000원

한 조각의 문학, 위픽 wefic